LES HÉROS

DE

LA FINANCE

SATIRE

Par M. G. ENCONTRE.

NIMES

IMPRIMERIE C. DURAND-BELLE, PLACE DU CHATEAU, 8.

1847.

LES HÉROS DE LA FINANCE.

SATIRE.

Que nos politiques suspendent leurs calculs et
qu'ils apprennent une fois qu'on a de tout avec
de l'argent , hormis des mœurs et des citoyens.

(J.-J. ROUSSEAU , *Discours*).

Car où est votre trésor , là aussi sera votre
cœur.

(Saint MATTHIEU , VI , 21).

Le gouvernement le plus parfait est celui où
les habitans ne sont ni trop riches, ni trop pauvrés.

(THALÈS, sage de la Grèce).

Où vont-ils , où vont-ils , ces rois de la finance ?
Rangez-vous , chapeau bas devant leur éminence !
Peuples , attelez-vous à leurs chars triomphans !
France , énorgueillis-toi de ces nobles enfans !
Qu'ardente à les servir , notre main leur fleuronne ,
De chêne et de lauriers , la civique couronne !
A les voir le front haut , à ce grave maintien ,
Sans doute que l'honneur fut toujours leur soutien ,
Que de hauts-faits nombreux garantissent le titre ,
Les emplois, les faveurs dont l'état les attitre ,
Et qu'en passant ainsi sous nos arcs-triomphaux ,
Un torrent de vertus emporte leurs défauts !

Qu'ont-ils fait ? Viennent-ils de conquérir le monde ?
Ont-ils brisé les fers d'un esclavage immonde ?
Dans leurs vastes projets , arrivant à leurs fins ,

Ont-ils de la patrie éloigné les confins?
Ou, protégeant les lois de quelque peuple libre,
Dans l'Europe oppressée ont-ils mis l'équilibre?
Non! ces pères conscrits, ces sénateurs fameux,
N'ont rien fait de cela; leur système brumeux,
D'un brouillard méphitique empruntant l'aile sombre,
Comme l'oiseau des nuits n'a plané que dans l'ombre!
Quand nous manquions de pain, par un trafic honteux,
Ils ont gaspillé l'or de l'état souffreteux!
Quand nous manquions de pain, ces concussionnaires,
Gras de notre sueur, vivaient millionnaires,
Et, sans rougeur au front, de leur luxe impudent,
Déroulaient à nos yeux le flot surabondant!

Je gémis sur ton sort, ô France! ô ma patrie!
En dépit de tes arts et de ton industrie,
Tu ne peux que souffrir. Des talens clandestins
Président trop souvent à tes nobles destins.
Je ne veux point ici faire le Jérémie,
Ni m'armer contre toi d'une plume ennemie:
Mépriser son pays est un vil sentiment;
Mon cœur battra pour toi jusqu'au dernier moment;
Mais, ô France! ô ma mère! il faut que, dans ma strophe,
D'une vérité crue, ici, je t'apostrophe.
Je n'ai jamais appris à polir mes discours,
Jamais je ne connus le langage des cours;
J'ignore le bonheur d'un illustre servage,
Et l'homme du grand ton m'appellerait sauvage.
Entre mille sentiers, je cherche un droit chemin,
La franchise à la bouche et le cœur sur la main;
Et, tel est, Vérité, ton sacré caractère,
Que, même l'intérèt me forçant à me taire,
Je ne puis supporter les sottises des grands,
Surtout lorsqu'à mes yeux leurs délits sont flragrans.
Quand la corruption est à son paroxisme,
Il faut bien, à la fin, prononcer l'ostracisme.

O France ! permets donc aujourd'hui que ma voix
Signale sans détours le grand mal que je vois ;
Un principe fatal en est la source impure ,
L'ulcère dévorant qui sans cesse supure ;
Un principe fatal promène dans ton sein
Les morbides effets d'un virus assassin.
Je veux donc aujourd'hui porter, d'une main sûre ,
Mon nitrate d'argent sur la vive blessure.

On dit : « Pour qu'un état se fasse respecter ,
« Un immense trésor doit le représenter.
« Il faut au chef, d'abord, une liste civile
« Qui puisse , autour de lui , rendre toute âme vile.
« Après ce chef-Crésus , il faut au premier rang ,
« Pour bien représenter , un éclat non moins grand ,
« Des palais , des chevaux , de brillantes soirées ,
« Des bals resplendissans sous des voûtes dorées ,
« Où puissent ruisseler l'or et le diamant ,
« Où (comble de l'horreur !) on puisse , en un moment,
« Avec des airs guindés , des allures de princes ,
« Sous le toit d'un hôtel dévorer des provinces. »

Oh ! tout le mal est là ! ne cherchez point ailleurs :
Plus de simplicité rend les hommes meilleurs.
Laissez, laissez cet or que chacun déifie !
Ayez plus de vertus, plus de philosophie ! (1)
O vous, chefs de l'Etat ! qui tendez aux honneurs,
Ils ne se trouvent point dans les biens suborneurs.
C'est un principe faux , source de nos souffrances :
Chacun sur l'or fatal fonde ses espérances.
Les cœurs sont, en vertus, d'autant plus indigens ,
Que vers ces biens maudits on les voit convergens.
Au gouffre des trésors voyez-les donc s'ébattre !
L'un possède un million, l'autre en veut avoir quatre.
Celui-ci jouissait d'un visage vermeil,
Aujourd'hui sa paupière évite le sommeil ;

Ses cheveux ont blanchi ; mais pourquoi cet air morne ?
C'est que son horizon ne trouve plus de borne.
Celui-là pourrait bien vivre libre et content ,
Mais il a son voisin , personnage important ,
Qu'il voudrait éclipser. L'argent est la seule aune
Qui nous mesure tous , et chacun s'échelonne
Aux degrés du pouvoir , glissans et vermoulus ;
On se heurte , on se brise , on arrive moulus.
N'importe, il faut marcher ; il faut , coûte que coûte ,
Laisser derrière soi les autres sur la route,
Ou les fouler aux pieds , malgré le déshonneur ,
La santé , le repos et même le bonheur.
Allez , allez toujours ! grimpez jusqu'à la cime !
Que la main du pouvoir vous use et vous décime !
De vos supérieurs avalez les affronts !
Avant l'âge , creusez des rides à vos fronts !
Courbez-vous sous le joug de vos lourdes richesses ,
Et , fixant les grandeurs à force de bassesses ,
A ce rude métier , maladroits apprentis ,
Soyez d'autant plus grands que vous êtes petits !

O malheureux mortel ! animal aurivore ,
N'étancheras-tu point la soif qui te dévore ?
Ne peux-tu respirer à moins d'être opulent ?
Faites fondre de l'or , qu'il l'avale brûlant ,
Comme ces Castillans , jadis , dans le Mexique ,
Qui burent l'or fondu des enfans du Cacique !
Allez , allez toujours ! et nous verrons après
Si le Père-Lachaise, avec ses noirs cyprès ,
Préservera des vers votre impure poussière ,
Et si Dieu tient beaucoup à votre âme grossière !
Chaque siècle a brillé par quelque qualité :
Par ses lois, par ses mœurs, par son intégrité ,
Par sa noble valeur ou par son fanatisme ;
Le nôtre , par son or et par son égoïsme.
Mais ce qui doit surtout frapper l'attention ,

C'est l'exemple des grands sur une nation ;
Oui, l'exemple des grands, funeste ou salutaire,
Des sommets du pouvoir, se répand sur la terre.

Quand le grand Sésostris, ce roi des conquérans, (2)
De cent peuples guerriers sut envahir les rangs ;
Qu'il dirigea ses pas des côtes de l'Afrique,
Aux rivages lointains de l'ancienne Séryque ;
Enfin, qu'il étendit ses ailes de Condor,
Des colonnes d'Hercule au Chersonèse d'or ;
Qu'il soumit à ses lois, dans ces lointaines zônes,
Les Scytes indomptés, les fières Amazones ;
Qu'il subjugua partout peuples et roitelets,
Et monarques pompeux à son char attelés,
L'Egypte ne rêva que gloire militaire ;
On aurait dit que Mars, seul, régnait sur la terre.
Chaque jour signalait quelques faits triomphans ;
Les lances se croisaient au dos des éléphans ;
Les jeux, dans les cités, simulaient des batailles ;
Les enfans, soucieux de voir grandir leurs tailles,
Se livraient des combats et des noms des héros
Baptisaient, dans leurs rangs, leurs jeunes généraux.
L'on n'entendait parler que de villes conquises,
Que de pays soumis, que de gloires acquises ;
Et les chants belliqueux, les cris réjouissans,
Faisaient vibrer l'écho de ces lieux florissans !

Quand le sage Minos apporta sur la terre (3)
Des lois de Jupiter le recueil salutaire,
Recueil où l'on a vu puiser, à pleines mains,
Les grands législateurs des Grecs et des Romains ;
Lorsqu'il ne revêtit sa personne royale
Que des douces vertus de son âme loyale ;
Qu'il méprisa le faste et le clinquant des cours,
Mascarade où les rois ont trop souvent recours,
Laissant aux cœurs étroits les grands airs, les grimaces,

Qui, faute de vertus, éblouissent les masses,
Et, s'occupant enfin, sous ses modestes toits,
Comme un père attentif, du bonheur des Crétois,
Bientôt on vit fleurir cette ile qui, naguère,
Renfermait dans son sein la famine et la guerre.
L'abondance naquit de la frugalité ;
Un amour fraternel cimenta l'unité.
Désintéressement, bonne foi, tempérance,
D'un avenir plus pur donnèrent l'assurance.
Plus de rang. Les repas en commun furent pris ;
Un seul enseignement éclaira les esprits.
Les biens ne furent pas communs, mais la fortune
N'étant plus désormais la tendance commune,
On en fit peu de cas, et ce penchant nouveau
Sur un peuple inégal sut passer son niveau ;
Il extirpa l'orgueil, qui ronge et rapetisse,
Flétrit l'ardeur de l'or, auteur de l'injustice ,
A la cupidité sut mettre un frein puissant ;
Et l'âge d'or jamais ne fut plus florissant !

Quand le roi Balthasar, aux murs de Babylone (4) ,
Voulut d'un luxe fou rehausser la couronne,
Sur tous les citoyens, de ce luxe effréné
Se répandit bientôt le souffle empoisonné.
La vanité régna ; les classes roturières
Singèrent les grands airs et les belles manières ;
Les grands, bouffis d'orgueil, crurent que leur blason
Dispensait de vertus, de talens, de raison.
L'artisan, dédaignant les travaux de ses pères,
Des puissances du jour visita les repaires ;
Les soldats, loin des camps, énervés, vicieux,
Perdirent du travail le penchant précieux ;
Lorsqu'il aurait fallu des bras pour les charrues,
Les charges de l'état seules furent courues,
Et les législateurs, en dépit de leurs lois,
N'occupèrent leur temps qu'à donner des emplois.

Aussi périt bientôt, au sein de la tourmente,
Sous le glaive tranchant et la torche fumante,
L'impure Babylone et ce fier Balthasar
Qui vit crouler sous lui le trône des César,
Le jour que de Cyrus, redoutable Messie (5),
Le bras vint accomplir l'ancienne prophétie,
Et que ses courtisans, de leurs yeux effarés,
Virent briller ces mots : *Mané, Thécel, Pharés.*

Lorsque Crésus porta dans la riche Lydie (6)
De l'amour des faux biens la triste maladie,
Cette avarice impure, au souffle envahissant,
Qui corrode les cœurs et dévore le sang,
Du trône de ce roi, le plus riche du monde,
Se répandit partout comme une bave immonde.
Dès-lors, l'on ne pensa qu'à ramasser des biens ;
L'amitié, dans les cœurs, relâcha ses liens ;
La générosité disparut de la terre
Et laissa le champ libre au pouvoir monétaire ;
L'égoïsme arbora son drapeau triomphant ;
L'intérêt divisa le père avec l'enfant,
Les frères, les époux, l'amant avec l'amante ;
La pauvreté devint une tache infamante (7) ;
L'amour, sur son avoir, calqua ses sentimens ;
L'hymen fut une enchère, une foire aux amans,
Où, pour faire un bon coup, un père de famille,
Ainsi que d'un cheval trafiqua de sa fille.
On ne demanda plus d'un homme haut placé
S'il était vertueux, loyal, juste, sensé ;
Mais ce qu'il possédait à lui seul de pécule,
L'or, devant un grand nom, tint lieu de particule ;
Et l'avarice enfin, monstre démuselé,
Vint briser cet état comme un vase félé (8) !

C'est ainsi que finit Crésus, ce roi superbe,
Crésus dont les trésors passèrent en proverbe.

Oui, tout le mal est là ! Je n'en démordrai point !
Je veux jusques au bout revenir sur ce point.
L'argent, dans nos foyers, a pris trop d'importance,
Et des grands aux petits il est trop de distance ;
Un état par moitié n'est jamais indigent (9),
Que quand l'autre moitié brille par trop d'argent.
Entre ce fier préfet et ce garde champêtre,
Entre ce gros prélat et ce modeste prêtre,
La disproportion est indécente à voir.
Mon Dieu ! tous les emplois exigent leur savoir ;
Et pour faire briller l'intrigant qui gouverne,
Ne faites point pâtir l'employé subalterne.

Mais mon raisonnement n'est pas de bon aloi,
O riches ! près de vous, car vous faites la loi....
Car l'appât des faux biens vous trouble et vous fascine ;
L'avarice en vos cœurs a plongé sa racine.
Vous tenez en vos mains les faveurs, et Dieu sait
Si la part du lion fut toujours votre fait !
Dieu sait jusques où va votre appétit vorace !
Buffon, parmi les loups, eut classé votre race.
Vous pensez qu'en formant de superbes discours,
Ou qu'en distribuant quelques légers secours,
Ou qu'en abolissant la mendicité même,
Vous avez, pour le bien, fait un effort suprême,
Et, pourchassant le pauvre en son humilité,
Vous confondez l'aumône avec la charité.

Eh ! ne nous prêchez point une loi charitable !
Ne prônez point un Dieu qui vint dans une étable !
N'affectez point surtout un sentiment pieux !
C'est vouloir se moquer des hommes et de Dieu.
L'Homme-Dieu parmi nous vécut pauvre et sans faste ;
Vous offrez avec lui le plus triste contraste.
L'Homme-Dieu nous prêcha l'amour, l'humilité ;
Vous pliez sous le vent d'un orgueil indompté.

L'Homme-Dieu nous prêcha l'égalité, principe (10)
Que défend votre rang et que votre or dissipe.
L'Homme-Dieu vous plaça hors de son paradis (11),
Ne le célébrez point : vous en êtes maudits !

Mais loin de moi l'aigreur qui guida ma pensée !
Il faut la pardonner à mon âme oppressée.
Ce Dieu pourrait encor vous aimer, vous bénir.
A vos frères, enfin, daignez vous réunir.
Laissez tout ce fatras, tout ce clinquant sonore
Qui frappe le regard mais qui vous déshonore.
Parez-vous de vertus, de douce loyauté ;
Faites fleurir au loin la sainte égalité.
Que l'amour du prochain régénère votre âme,
Et de vos jours heureux qu'il ourdisse la trame.
C'est là qu'est le bonheur ; oui, je vous le prédis :
Dans vos cœurs, vous pouvez trouver un paradis.
Voilà les vrais trésors que mon cœur déifie ;
C'est ma religion et ma philosophie :
Non la religion des privilégiés
Où tant d'hommes pervers se sont refugiés ;
Non la religion qui damne tous les hommes
Et qui prend pour appui d'absurdes axiomes ;
Mais la religion, don providentiel,
Qui rend tous les humains tributaires du ciel ;
Mais la religion, fluide salutaire,
Qui de son flot d'amour couvre toute la terre ;
Mais la religion aux vrais enseignemens,
Livre dont tous les corps offrent quelques fragmens,
Dont les feuillets épars dans toute la nature
Sont pour les cœurs fervens une sainte pâture ;
Livre dont les conseils guident l'humanité
Vers le but glorieux de la grande unité,
Qui ne contient qu'un ordre, un avis salutaire :
C'est de bien nous aimer l'un l'autre sur la terre ;
Qui répand des vertus l'influente action

Et nous pousse toujours vers la perfection.
Ah! qu'à sa sainte loi ton cœur se régénère,
O mortel! et le mal verra finir son ère,
Et le bien étendra ses immenses rameaux,
Et le souffle de Dieu balayera nos maux.
Et, dans le doux transport de mon âme ravie,
Poète fortuné, si Dieu me prête vie,
Après avoir chanté cette loi du salut,
A l'arbre de l'oubli je suspendrai mon luth!

FIN.

NOTES.

(1) Ayez plus de vertus, plus de philosophie.

Pour soutenir les mœurs, il faut des exemples, et ces exemples doivent émaner de ceux qui sont à la tête du gouvernement. Plus ils tombent de haut, plus ils font une impression profonde. La corruption des derniers citoyens est facilement réprimée et ne s'étend que dans l'obscurité, car la corruption ne remonte jamais d'une classe à l'autre ; mais lorsqu'elle ose s'emparer des lieux où réside le pouvoir, elle se précipite de là avec plus de force que les lois elles-mêmes ; aussi n'a-t-on pas craint d'avancer que les mœurs d'une nation dépendent uniquement de celles du souverain. (Isoc, cité par Barthélemy, *Voyage d'Anacharsis*, tom. i, pag. 125).

La vertu fait le bonheur des royaumes ; si elle manque, leur gloire est ternie.....

Si l'on veut rendre les autres vertueux, il faut faire de grands efforts sur soi-même ; mais si l'on a le courage de se vaincre, on s'épargne beaucoup de peines pour l'avenir. (CONFUCIUS).

O Vertu ! science sublime des âmes simples, faut-il donc tant de peines et d'appareils pour te connaître ? Tes principes ne sont-ils pas gravés dans tous les cœurs, et ne suffit-il pas, pour apprendre tes lois, de rentrer en soi-même et d'écouter la voix de la conscience dans le silence des passions? (J.-J. ROUSSEAU).

J.-J. Rousseau dit quelque part « que le peuple se prosternerait devant un ministre qui irait au Conseil à pied, pour avoir vendu ses carrosses dans un pressant besoin de l'état. »

Ce plaisir en vaudrait bien d'autres, si les grands comme les petits n'étaient pas entichés de la manie des richesses et s'ils n'étaient pas trompés par cette fausse idée qu'il faut briller pour être heureux.

(2) Quand le grand Sésostris, ce roi des conquérans.

Sésostris a été non-seulement un des plus puissans rois

qu'ait vus l'Egypte, mais l'un des plus grands conquérans que vante l'antiquité (ROLLIN , *Histoire ancienne*).

(3) Quand le sage Minos apporta sur la terre
Des lois de Jupiter le recueil salutaire.

Lycurgue avait formé le plan de la plupart de ses lois sur le modèle de celles qui , pour lors , étaient observées dans l'ile de Crète , où il passa un temps assez considérable pour les étudier de plus près.

Minos , que la fable nous donne pour fils de Jupiter , était l'auteur de ces lois. Il vivait cent ans avant la guerre de Troie. C'était un prince puissant, sage, modéré, plus estimable encore par ses vertus morales que par ses qualités guerrières....

La Crète , sous un gouvernement si sage , changea entièrement de face , et parut être devenue le domicile de la vertu , de la probité , de la justice.

Les lois qu'il avait établies étaient encore dans toutes leur vigueur du temps de Platon , c'est-à-dire, plus de neuf cents ans après ; aussi, les regardait-on comme le fruit de longs entretiens qu'il avait eus pendant plusieurs années avec Jupiter qui avait bien voulu devenir son maître , se rendre familier avec lui comme avec un bon ami , et le former au grand art de régner avec une complaisance secrète, comme un disciple chéri et un fils tendrement aimé (ROLLIN , *Hist. ancienne*, tom. XI , petit format, pag. 25 , 35 et 38).

Rollin remarque que cette fiction a pu être tirée de l'Ecriture sainte qui dit de Moïse : « Dieu parlait à Moïse face à face , comme un ami parle à son ami (Exode, 33 , 11). N'est-il pas plus rationnel de penser que , placés dans les mêmes circonstances et sous le même degré d'instruction , les hommes doivent avoir eu à peu près les mêmes idées? Pourquoi faire de vains efforts , comme certains théologiens , pour rapporter tout à la bible ? Pourquoi , comme certains philosophes , torturer les anciennes annales pour faire concorder en tout point la Bible avec la Mythologie? L'homme est très-imitateur de son naturel , sans aucun doute, mais , à part ces fictions traditionnelles qui peuvent être l'œuvre de l'imitation, combien d'autres se reproduisent-elles chez des peuples que des espaces immenses séparent et qui n'ont amais eu de relations ensemble?

(4) Quand le roi Balthazar, aux murs de Babylone.

Balthazar joignit à l'orgueil et à la dureté de ses prédécesseurs une impiété qui lui fut particulière.

(5) Le jour que de Cyrus, redoutable Messie,
Le bras vint accomplir l'ancienne prophétie.

Voici une partie de ces prophéties : « ..... Je ferai crouler les cieux, et la terre sera ébranlée de sa place par la colère de l'Éternel des armées.... Quiconque sera trouvé sera transpercé, et quiconque s'y sera joint tombera par l'épée. Et leurs petits enfans seront écrasés devant leurs yeux, leurs maisons seront pillées et leurs femmes seront violées. Voici : je veux susciter contre eux les Mèdes..... Ils briseront les arcs des jeunes gens et ils n'auront point de pitié du fruit du ventre. Ainsi il en sera de Babylone, la noblesse des royaumes et la gloire de l'orgueil des Chaldéens, comme quand Dieu renversa Sodome et Gomorrhe (Esaïe xiii). — Ainsi a dit Esaïe à son oint, à Cyrus que j'ai pris par la main droite afin que je renverse les nations devant lui : «... J'irai devant toi et je dresserai les chemins tortueux, je romprai les portes d'airain et je mettrai en pièces les barres de fer (Esaïe, xlv, 1, 2).

(6) Lorsque Crésus porta dans la riche Lydie, etc.

Cyrus fut un des plus grands rois de l'antiquité. La libéralité lui paraissait une vertu véritablement royale, et il ne trouvait rien de grand ni d'estimable dans les richesses que le plaisir de les distribuer aux autres..... Un jour, Crésus lui représenta qu'à force de donner, il se rendrait lui-même pauvre, au lieu qu'il aurait pu être le plus riche prince du monde et amasser des trésors infinis. Et à quelle somme pensez-vous, reprit Cyrus, qu'auraient pu monter ces trésors? Crésus fixa une certaine somme qui était immense. Cyrus fit écrire un petit billet aux seigneurs de sa cour, par lequel il leur faisait savoir qu'il avait besoin d'argent. Sur-le-champ, il lui fut apporté beaucoup plus que la somme que Crésus avait marquée. Voilà, lui dit-il, mes trésors ; voilà le coffre où je garde mes richesses : le cœur et l'affection de mes sujets (ROLLIN , *Histoire ancienne*). Aussi ses états devinrent-ils florissans , tandis que ceux du riche Crésus furent subjugués.

La cour de Crésus fut ornée par la présence de plusieurs des sept sages de la Grèce. Il se plut particulièrement à déployer sa magnificence devant Solon , le plus célèbre de ces philosophes , et à lui montrer ses trésors. Ce législateur républicain n'en fut point ébloui , et lui prouva qu'il n'admirait dans un homme que ses qualités personnelles. Crésus lui demanda un jour s'il avait rencontré dans ses voyages un homme parfaitement heureux. J'en ai connu un , répondit le philosophe ; c'était un citoyen d'Athènes , nommé Tellus, honnête homme qui a passé sa vie dans une douce aisance et qui a toujours vu sa patrie florissante. Cet heureux mortel a laissé des enfans généralement estimés ; il a vu les enfans de ses enfans , et il est mort glorieusement en combattant pour son pays.

Crésus, surpris de lui entendre citer comme un modèle de bonheur une fortune si médiocre, lui demanda s'il n'avait pas trouvé des gens encore plus heureux que Tellus ; Solon lui en cita un exemple.

Vous ne me comptez pas, dit le roi avec humeur , au nombre des heureux ? Seigneur , reprit le sage , nous professons dans notre pays une philosophie simple , sans faste , franche et hardie , sans ostentation et peu commune à la cour des rois. Nous connaissons l'inconstance de la fortune; nous attachons peu de prix à une félicité plus apparente que réelle, et qui n'est souvent que trop passagère. La vie d'un homme est à peu près de trente mille jours ; aucun d'eux ne ressemble à l'autre ; tous sont exposés à mille accidens qu'on ne peut prévoir ; et , comme nous ne décernons qu'une couronne après le combat, nous ne jugeons du bonheur d'un homme qu'à la fin de sa vie.

Le fameux Esope se trouvait dans le même temps à Sordex (capitale de la Lydie), et, reprochant à Solon son austère franchise, il lui disait : N'approchez point des rois, ou ne leur présentez que ce qui peut leur être agréable. Dites plutôt, répondit Solon, qu'il faut ne point approcher des rois, ou ne leur dire que ce qui peut leur être utile.

Crésus ne tarda pas à reconnaître que Solon lui avait dit la vérité ; deux de ses enfans furent un sujet d'affliction pour son cœur : l'un périt malgré toutes les précautions prises pour éviter l'accomplissement de l'oracle qui avait annoncé sa mort ; l'autre devint muet.

Crésus résolut de s'opposer au progrès des armes de Cyrus, malgré les conseils d'un de ses ministres qui lui disait : Craignez d'attaquer les Perses : ils sont nés dans un pays rude et montagneux, endurcis aux travaux et à la fatigue, vêtus et nourris grossièrement, privés des voluptés qui nous ont amollis ; vous avez tout à perdre avec eux, et ils ont tout à gagner avec vous.

Crésus persista dans son entreprise. Vaincu, détrôné, il vit son pays ravagé, ses trésors pillés, son empire détruit, et il aurait péri sur l'échafaud si, dans le moment où il allait mourir, le nom de Solon qu'il prononça n'avait fixé l'attention et excité la pitié de Cyrus. Ce prince voulut savoir la cause de cette exclamation ; et, apprenant de la bouche de l'infortuné monarque ce que le sage grec lui avait dit, au milieu de ses prospérités, sur l'inconstance de la fortune, il craignit probablement pour lui-même ses vicissitudes et accorda la vie à son illustre et malheureux captif. La Lydie fut ainsi réunie à l'empire des Perses (SÉGUR, *Histoire ancienne*, tome I, format Charpentier, pag. 117, 118, 119 et 120).

(7) La pauvreté devint une tache infamante.

Et que deviendra la vertu quand il faudra s'enrichir à quel prix que ce soit ? Les anciens politiques parlaient de

mœurs et de vertus ; les nôtres ne parlent que de commerce
et d'argent (J.-J. Rousseau, *discours*).

(8) Vint briser cet état comme un vase fêlé.

Le dernier terme des maux d'une république , c'est quand
les citoyens sont familiarisés avec la honte et que , couverts
tranquillement d'ignominie , la gloire ne leur paraît qu'une
vaine chimère. Une philosophie criminelle fait-elle regarder
en pitié un héros et même un simple honnête homme ?
compte , mon cher Aristias , que tout est perdu. La république ne sera pas agitée par des commotions violentes , parce
qu'on n'y a même plus de ces vices qui supposent un
sorte de force et d'élévation dans l'âme. Crains ce calme per-
fide. La vérité n'est plus dans les cœurs ; le mensonge est
dans toutes les bouches. Un vil intérêt n'est pas seulement la
règle des actions des citoyens , il est même l'âme de leurs
pensées. Tu verras les magistrats se tendre mutuellement
des piéges. Tu verras l'ambitieux ne travailler qu'à décrier
son concurrent par des calomnies , vouloir perdre ses rivaux,
mais ne pas se donner la peine de valoir mieux qu'eux. En
un mot, les vices les plus bas ont jeté les esprits dans une
léthargie mortelle qui ne laisse aucune espérance de salut
(DE MABLY , *Entretiens de Phocéon*).

(9) Un état par moitié n'est jamais indigent
Que quand l'autre moitié brille par trop d'argent.

Les palais cachent partout des chaumières ; le luxe pro-
duit la misère , et la grande opulence d'un seul naît toujours
de l'extrême pauvreté de plusieurs (LOUVET DE COUVRAY).

Ne portez pas de dentelles quand nous n'avons pas de che-
mises , et ne suspendez pas à votre oreille des boutons d'é-
méraudes , quand nous n'avons à nos pieds que des sabots
(TIMON , *au Ministre des Finances*).

Tantôt tu noteras d'une flétrissure la mollesse et la prodi-
galité ; tantôt tu aviliras le luxe , et peut-être parviendras-tu
un jour à faire des règlemens qui , donnant des bornes à
l'industrie et à l'avarice , feront disparaître dans la fortune

des citoyens cette disproportion énorme qui les corrompt tous également , quoique par des vices différens (DE MAL-BY, *Entretiens de Phocéon*).

Si l'on ne le voyait de ses yeux, pourrait-on s'imaginer l'étrange disproportion que le plus ou le moins de pièces de monnaie met entre les hommes? (LABRUYÈRE , ses *Caractères*).

(10) L'Homme-Dieu nous prêcha l'égalité.....

Vous savez que les princes des nations les dominent, et que les grands leur commandent avec autorité. Mais il n'en doit pas être ainsi parmi vous ; au contraire , quiconque voulra être le plus grand parmi vous , qu'il soit votre serviteur, et quiconque voudra être le premier parmi vous , qu'il soit votre esclave (ST. MATTH. , xx, 25 , 26 , 27. — *Voy.* aussi ST. LUC, xiv, 11 , etc.)

(11) L'Homme-Dieu vous plaça hors de son paradis.

Il est plus aisé qu'un chameau passe par le trou d'une aiguille, qu'il ne l'est qu'un riche entre dans le royaume de Dieu (ST. MATTH. , xix , 24). — Malheur à vous, riches, parce que vous avez reçu votre consolation (ST. LUC , vi , 24). *Voy.* aussi ST. MATTH. , x , 9 , 10 ; ST. MARC , vi , 8 , 9 ; ST. LUC , xii , 33 , 34 , et une foule d'autres condamnations des richesses, dans le Nouveau Testament.

Que ceux qui sont avares des biens que Dieu leur a dispensés ne croient point y trouver leur avantage ; loin de là , ces biens ne tourneront qu'à leur perte (*Le Koran*, chap. iii. *La Famille d'Imran*, 175).

Auront-ils leur part dans le royaume qu'ils rêvent , ceux qui regretteraient une obole donnée à leurs semblables? (*Le Koran* , chap. iv. *Les Femmes* , 32).

> Ils sont chrétiens à la messe
> Et païens à l'Opéra.
>
> (VOLTAIRE).

> L'argent, l'argent fatal , dernier Dieu des humains,
> Les prend par les cheveux , les secoue à deux mains,
> Les pousse dans le mal et , pour un vil salaire,
> Leur mettrait les deux pieds sur le corps de leur père.
>
> (Auguste BARBIER).

Ce n'est pas où règnent le faste et l'ostentation que vous trouverez de la bienfaisance dans les riches et de l'aisance parmi le peuple. Le luxe, dit-on, soutient les manufactures, fait vivre une multitude d'ouvriers ; oui, quand il est modéré, mais quand il est excessif, il ruine également les particuliers et les ouvriers. Les premiers, alors, ne paient point, les derniers meurent de faim et les marchands font banqueroute. Enfin, comment voulez-vous, lorsqu'on a cinquante mille livres de rente et qu'on en dépense quatre-vingts, qu'on puisse faire de bonnes actions? (Mᵐᵉ DE GENLIS , *Lettres sur l'Education*).

Ceux qui aiment les richesses sont faits pour servir, et ceux qui les méprisent, pour commander. Ce n'est pas la force de l'or qui asservit les pauvres aux riches, mais c'est qu'ils veulent s'enrichir à leur tour ; sans cela, ils seraient nécessairement les maîtres.....

Les citoyens ne se laissent opprimer qu'autant qu'entraînés par une aveugle ambition, et regardant plus au-dessus qu'au-dessous d'eux, la domination leur devient plus chère que l'indépendance, et qu'ils consentent à porter des fers pour en pouvoir donner à leur tour. Il est très-difficile de réduire à l'obéissance celui qui ne cherche point à commander, et le politique le plus adroit ne viendrait pas à bout d'assujétir des hommes qui ne voudraient qu'être libres....... Je prouverai enfin que si l'on voit une poignée de puissans et de riches au faîte des grandeurs et de la fortune, tandis que la foule rampe dans l'obscurité et dans la misère, c'est que les premiers n'estiment les choses dont ils jouissent qu'autant que les autres en sont privés, et que, sans changer d'état, ils cesseraient d'être heureux si le peuple cessait d'être misérable (J.-J. ROUSSEAU).

Qui sait se posséder sait gouverner le monde.

(VOLTAIRE).